COLLECTION

DE

Bronzes d'Art

De BARBEDIENNE

MÉDAILLONS DE DAVID D'ANGERS

BRONZES DE BARYE

MARBRE, TERRE CUITE, CURIOSITÉS DIVERSES

PORTRAIT DE M. S.

Œuvre importante de SIGALON

Provenant de la collection de M. V. SCHŒLCHER, sénateur

DONT LA VENTE AURA LIEU

HOTEL DROUOT — SALLE N° 10

Le SAMEDI 3 AVRIL 1897, à 2 heures

COMMISSAIRE-PRISEUR	ASSISTÉ DE
Me Maurice DELESTRE	**M. Henri BÉCUS**
5, rue Saint-Gorges	*53, rue Monsieur-le-Prince*

EXPOSITION PUBLIQUE

Le Vendredi 2 avril, de 1 heure 1/2 à 5 heures 1/2

PARIS — 1897

TOURS

IMPRIMERIE DESLIS FRÈRES

6, RUE GAMBETTA, 6

COLLECTION

DE

Bronzes d'Art

De BARBEDIENNE

MÉDAILLONS DE DAVID D'ANGERS

BRONZES DE BARYE

MARBRE, TERRE CUITE, CURIOSITÉS DIVERSES

PORTRAIT DE M. S.

Œuvre importante de SIGALON

Provenant de la collection de M. V. SCHŒLCHER, sénateur

DONT LA VENTE AURA LIEU

HOTEL DROUOT — SALLE N° 10

Le *SAMEDI 3 AVRIL 1897*, à *2 heures*

COMMISSAIRE-PRISEUR	ASSISTÉ DE
Me Maurice DELESTRE	**M. Henri BÉCUS**
5, rue Saint-Gorges	*53, rue Monsieur-le-Prince*

EXPOSITION PUBLIQUE

Le Vendredi 2 avril, de 1 heure 1/2 à 5 heures 1/2

PARIS — 1897

CONDITIONS DE LA VENTE

Elle est faite au comptant. Les acquéreurs paieront 5 o/o en sus du prix des enchères.

M. BÉCUS, chargé de la vente, exécutera les ordres des personnes qui ne pourraient y assister.

Ces ordres devront être bien précis, concernant la fixation du prix maximum, non compris les frais.

Il sera répondu par courrier à toute demande de renseignements concernant cette vente.

L'ordre du catalogue ne sera pas suivi.

DÉSIGNATION

Bronzes d'Art

La plupart édités par F. BARBEDIENNE

1. — AIZELIN. — *Pandore*, statuette bronze (Barbedienne). — H. 0ᵐ,40.

2. — ALLEGRAIN. — *Vénus au bain*, statuette bronze (Barbedienne). — H. 0ᵐ,52.

3. — BOSIO. — *Henri IV enfant*, petit bronze (Barbedienne). — H. 0ᵐ,36.

4. — CAFFIÉRI. — *Le Fleuve*, statuette en bronze. — H. 0ᵐ,0.

5. — CANOVA. — *Madeleine*, bronze. — H, 0ᵐ,0.

6. — CARRIER-BELLEUSE. — *La Liberté délivrant un esclave*, groupe en bronze reposant sur un piédestal sur lequel figure le médaillon en bronze de M. Schœlcher, auquel ce groupe fut offert à la suite d'une souscription publique. Sur ce piédestal figurent encore divers objets rappelant les supplices qu'on infligeait autrefois aux esclaves pour l'affranchissement desquels M. Schœlcher consacra sa belle et noble existence.

7. — CAVELIER. — *Pénélope endormie* (original au château de Dampierre), statuette en bronze. — H. 0ᵐ,36.

8. — CHAPU. — *La Jeunesse*, statuette bronze (Barbedienne). — H. 0^{m}75.

9. — CLÉSINGER. — *Zingara danseuse*, statuette en bronze (Barbedienne). — H. 0^m,55.

10. — CLODION. — *Bacchante*, statuette en bronze. — H. 0^m,55.

11. — COUSTOU. — *Marie Leczinska*, statuette en bronze (Barbedienne). — H. 0^m,47.

12. — COUSTOU. — *Les Chevaux de Marly*. Deux groupes en bronze, patine brune. — H. 0^{m}57.

13. — COYSEVOX. — *Flore*, statuette en bronze. — H. 0^m,45.

14. — DEBAY, — *Le premier berceau*, groupe en bronze. — H. 0^m,45.

15. — DELAPLANCHE. — *La Danse*, statuette en bronze (Barbedienne). — H. 0^{m}62.

16. — P. DUBOIS. — *Le Courage militaire*, statuette en bronze (Barbedienne). — H. 0^m,52.

17. — FALCONET. — *La Baigneuse*, statuette en bronze (Barbedienne). — H. 0^m,57.

18. — FOYATIER. — *Spartacus*, statuette en bronze. — H. 0^m,0.

19. — GAMERY. — *Faune au Chevreau*, statuette en bronze. — 0^m,53.

20. — GIRARDON. — *Christ*, en ronde bosse, en bronze. 0^m,22 × 0^m,23 dans un cadre en chêne.

21. — GIRAUD. — *Chien couché*, bronze. — H. 0^m,17 × 0^m,28.

22. — GUILLAUME. — *Les deux Gracques : Gracchus Tiberius et Caïus*, groupe en bronze (Barbedienne). — H. 0^m,43 ; Lg. 0^m,40.

23. — HOUDON. — *Diderot*, buste en bronze. — H. 0^m,30.

24. — HOUDON. — *Voltaire assis* (original à la Comédie Française), statuette bronze (Barbedienne). — H. 0^m,22.

25. — JULIEN. — *La Baigneuse*, statuette en bronze (Barbedienne). — H. 0^m,43.

26. — LEPAUTRE. — *Enée, Anchise et Ascagne* (original Jardin des Tuileries), groupe en bronze (Barbedienne). — H. 0^m,70.

27. — MARCELLO. — *Bianca Capello*, bronze. — H. 0^m,34.

28. — MÈNE (J.). — *Chien à l'attache*, bronze. — H. 0^m,27 × 0^m,28.

29. — MERCIÉ. — *Gloria victis !* groupe en bronze sur un fût de colonne en marbre (Barbedienne). — H. 0^m,93.

30. — MICHEL-ANGE. — *Vierge à l'enfant*, ronde bosse en bronze, dans un cadre de chêne.

31. — MICHEL-ANGE. — *L'Esclave*, statuette en bronze. — H. 0^m,44.

32. — MICHEL-ANGE. — *Moïse*, bronze (Barbedienne). — H. 0^m,62.

33. — MOREAU-VAUTHIER. — *La Fortune*, statuette en bronze (Barbedienne). — H. 0^m,53.

34. — PRADIER. — *Phryné*, statuette en bronze. — H. 0^m,41.

35. — PUGET. — *Mort de Milon de Crotone*, groupe en bronze. — H. 0^m,40.

36. — SOITOUX. — *La République*, statuette en bronze. — H. 0^m,55.

37. — VISCHER (Pierre). — *Les deux Pleureuses*, statuettes bronze (tombeau de Saint-Sebolt à Nuremberg). — H. 0^m,50.

38. — *Achille*, statuette en bronze. — H. 0^m,45.

39. — *Ajax*, petit buste en bronze. — H. 0^m,21.

40. — *Amazone* (Musée Pio Clément, Rome), statuette en bronze. — H. 0^m,59.

41. — *Antinoüs*, statuette en bronze — H. 0^m,40.

42. — *Apollon du Belvédère*, d'après le marbre antique du Musée du Vatican à Rome, statuette bronze (Barbedienne). — H. 0^m,67.

43. — *Ariane*, statuette en bronze. — H. 0^m,40.

44. — *Ariane couchée dite Cléopâtre*, statuette en bronze. — H. 0^m,36 ; L. 0^m,40.

45. — *Aristide*, statuette en bronze. — H. 0^m,62.

46. — *Babeuf*, petit buste en bronze. — H. 0^m,18.

47. — *Silène et Bacchus*, groupe en bronze. — H. 0^m,40.

48. — *Brutus*, buste en bronze. — H. 0^m,40.

49. — *Buonaroti (Philippe)*, petit buste en bronze. — H. 0^m,18.

50. — *Castor et Pollux*, groupe en bronze. — H. 0^m,63.

51. — *Cérès debout*, statuette en bronze. — H. 0^m,44.

52. — *Cérès* (musée de Berlin), statuette en bronze. — H. 0^m,21.

53. — *Danseuse antique*, bronze, d'après une terre cuite de Tanagra (Barbedienne). — H. 0^m,19.

54. — *Démosthène*, statuette en bronze. — H. 0^m,41.

55. — *Diane de Gabies*, statuette en bronze. — H. 0^m,42.

56. — *Diane à la biche*, statuette en bronze. — H. 0^m,40.

57. — *Le Discobole* (musée Pio Clément, de Rome), statuette bronze. — H. 0^m,70.

58. — DONATELLO. — *Saint Jean* (musée du Louvre), statuette en bronze (Barbedienne). — H. 0^m,57.

59. — *Euterpe*, statuette en bronze. — H. 0^m,55.

60. — *Faune*, statuette en bronze. — H. 0^m,33.

61. — *Génie adorant*, du musée de Berlin, statuette en bronze. — H. 0^m,54.

62. — *Faune au repos* (original au Vatican). — H. 0^m,51.

63. — *Le Génie du repos éternel*, statuette en bronze. — H. 0^m,55.

64. — *Germanicus* (musée du Louvre), statuette en bronze. H. — 0^m,78.

65. — *Le Gladiateur* (héros combattant), statuette en bronze (Barbedienne). — H. 0^m,48.

66. — *Hercule et Lyca*, groupe en bronze. — H. 0^m,42.

67. — *Jason dit Cincinnatus*, statuette en bronze. — H. 0^m,34.

68. — *La joueuse d'osselets*, petit bronze (Barbedienne). — H. 0^m,14.

69. — *Le Laocoon* groupe en bronze (Barbedienne). — H. 0^m,70 ; L. 0^m,49.

70. — *Les Levrettes du Vatican*, groupe en bronze (Barbedienne). — H. 0^m,15.

71. — *Le lion de Ninive*, petit bronze. — H. 0^m,10.

72. — *Les Lutteurs*, groupe en bronze (Barbedienne). — H. 0^m,49.

73. — *Mercure*, statuette en bronze. — H. 0^m,37.

74. — *Minerve*, statuette en bronze avec piédestal. — H. 0^m,63.

75. — *Narcisse*, statuette en bronze. — H. 0^m,64.

76. — *Nid d'oiseaux*, petit bronze. — Grandeur naturelle.

77. — *Opus sansovinus Florentinus*, statuette en bronze. — H. 0^m,48.

78. — *Polymnie*, statuette en bronze (Barbedienne). — H. 0^m,56.

79. — *La République*, buste en bronze. — H. 0^m,21.

80. — *Le Soldat de Marathon*, statuette en bronze (Barbedienne). — H. 0^m,40 ; L. 0^m,43.

81. — *Sophocle*, statuette en bronze. — H. 0^m,64.

82. — *Le Tireur d'épine*, petit bronze (Barbedienne). — H. 0^m,19.

83. — Panneau de bronze dans un cadre en chêne, reproduction du *Tombeau de M. Schœlcher*. — H. 0^m,62 ; L. 0^m,29.

84. — *Tombeau de Mme Schœlcher*, statuette de bronze. — H. 0^m,36.

85. — *Tombeau du général Godefroy Cavaignac*, statuette
en bronze. — H. o^m,41.

86. — *Nanthilde* (cathédrale de Saint-Denis), statuette
bronze (Barbedienne). — H. o^m,47.

87. — *Ulysse tendant son arc*, statuette en bronze. —
H. o^m,48.

88. — *Vénus accroupie* (musée Pio Clément, à Rome),
statuette en bronze. — H. o^m,37.

89. — *La Vénus de Milo*, statuette en bronze (Barbedienne).
— H. o^m,48.

90. — Deux cadres chêne encadrant *Les quatre nymphes
de la fontaine des Innocents*, reliefs en bronze,
par Jean Goujon. Dimensions de chaque pièce :
H. o^m,45 ; L. o^m,11 1/2.

91. — *La Sainte famille* ; au dessous, *Les deux groupes
des Chanteurs* de Luca della Robia, Florence.
Trois reliefs en bronze dans un cadre de chêne.
— Dimensions de la première pièce : H. o^m,40 ;
L. o^m.27. Les deux autres pièces de mêmes
dimensions mesurent : o^m,25 × o^m,26.

92. — GHIBERTI (Lorenzo). — *Esaü et Jacob*, porte du
baptistère de Florence, relief en bronze, mesurant
o^m,41 × o^m,42.

93. — GHIBERTI (Lorenzo). — *Histoire de Joseph*, porte
du baptistère de Florence, relief en bronze de
o^m,41 × o^m,42, dans un cadre en chêne.

94. — GHIBERTI (Lorenzo). — Fragments de la *Porte
principale du baptistère de Florence*. — o^m,09 1/2
× o^m,40, dans un cadre chêne.

95. — Bas-reliefs, *Cavaliers*, frises du Parthénon, bronze.
— o^m,25 × o^m,44.

96. — *Les neuf Muses du Musée du Louvre*, relief en
bronze. — o^m,18 × o^m,72 cadre chêne.

97. — *Quadriges d'Herculanum*, 2 pièces en bronze, de
o^m,18 × o^m,33.

98. — ETEX. — *Ledru Rollin*, médaillon en bronze.

99. — BARRÉ. — *Jane Hading*, médaillon en bronze.

100. — BARRIAS. — *Anatole de la Forge*, médaillon en bronze.

101. — *Michel-Ange*, médaillon en bronze.

102. — *Une main et un pied d'enfant*, bronze, grandeur naturelle (2 pièces).

103. — *Deux mains (adulte), une main et un pied d'enfant*, 4 pièces en bronze.

104. — *Deux écrevisses*, petit bronze presse-papier.

105. — *Sonnette en bronze*, reproduction réduite d'une cloche de Saint-Pierre du Vatican.

106. — *Sablier en bronze* avec cuiller même métal, ornements style indien.

107. — *Lampe romaine* en bronze (époque Premier Empire).

108. — Une *coupe en bronze*, d'après l'antique.

109. — *Coupe japonaise*, en bronze.

110. — *Vase Cratère consacré à Bacchus*, bronze (Barbedienne). — H. 0^m,18.

111. — BENVENUTO. — *Coupe en bronze*, montée sur socle en marbre (Barbedienne). — H. 0^m,31.

112. — *Fût de colonne porphyre* sur lequel est posé un oiseau bronze doré. — H. 0^m,15.

113. — *Deux lampes* en bronze avec, comme ornements, les fragments des Panathenées du Parthenon. — H. 0^m,23.

114. — *Bougeoir* en bronze.

115. — *Porte-pelle* en bronze avec pelle, pincettes, tisonnier et soufflet en bronze orné et ciselé, plus un garde-feu, un sceau et pelle à charbon également en bronze orné et ciselé, en tout huit pièces.

Bronzes de Barye

116. — *Tigre marchant de gauche à droite*, bronze (Barbedienne). — H. o^m,22 ; L. o^m,40.

117. — *Thésée combattant le minotaure*, groupe en bronze (Barbedienne). — H. o^m,45.

118. — *Lion*, petite ébauche en bronze (Barbedienne). — H. o^m,16 × o^m,12.

119. — *Chien en arrêt*, petit bronze (Richard et Durand). — o^m,9 1/2 × o^m,06.

120. — *Hiboux fixant des rats*, petit bronze attribué à Barye (Richard et Durand, fondeurs). — o^m,20 × o^m,07 1/2.

121. — *Aigle aux ailes déployées*, petit bronze de o^m,11 × o^m,11 (attribué à Barye).

122. — *Pendule marbre*, avec ornements en bronze, attribués à Barye. Ces ornements se composent de 4 médaillons en relief et 2 reliefs carrés ; de plus, la pendule est surmontée d'un tigre marchant de gauche à droite : il vient de s'échapper d'un cirque, comme semblent l'indiquer la selle en tapisserie et le collier de pampre dont il est paré (Richard et Durand, fondeurs). — H. de la pendule, o^m,24 × o^m,47 ; H. du bronze, o^m,19 × o^m,36.

Médaillons de David d'Angers

123. — *Ch. Fourrier*, médaillon en bronze de o^m,16 de
    diamètre.

124. — *Victor Hugo*, médaillon en bronze de o^m,12 de
    diamètre.

125. — *Dupré* (graveur en médailles), médaillon en bronze
    de o^m,16 de diamètre.

126. — *Senancourt*, médaillon en bronze de o^m,16 de dia-
    mètre.

127. — *Kléber*, médaillon en bronze de o^m,16 de diamètre.

128. — *Robespierre*, médaillon en bronze de o^m,16 de dia-
    mètre.

129. — *Giuditta Pasta di Milano*, médaillon en bronze
    de o^m,12 de diamètre.

130. — *Spontini*, médaillon en bronze de o^m,16 de dia-
    mètre.

131. — *Georges Cuvier*, médaillon en bronze de o^m,16 de
    diamètre.

132. — *L'abbé Grégoire*, médaillon en bronze de o^m,16
    de diamètre.

133. — *Carnot*, médaillon en bronze de o^m,16 de dia-
    mètre.

134. — *Samuel Hahnemann*, médaillon en bronze de
    o^m,16 de diamètre.

135. — *Pierre Leroux*, médaillon en bronze de o^m,16 de
    diamètre.

136. — *Nepomucène Lemercier*, médaillon en bronze de
    o^m,16 de diamètre.

137. — *François Arago*, médaillon en bronze de o^m,16
    de diamètre.

138. — *Auguste Barbier*, médaillon en bronze de o^m,16
    de diamètre.

139. — *Godefroy Cavaignac*, médaillon en bronze de
o^m,16 de diamètre.

140. — *Géricault*, médaillon en bronze de o^m,16 de diamètre.

141. — *George (Sand*, médaillon en bronze de o^m,16 de
diamètre.

142. — *Xavier Sigalon*, médaillon en bronze de o^m,16 de
diamètre.

143. — *Marceline Valmore*, médaillon en bronze de o^m,16
de diamètre.

144. — *A.-J. Gros*, médaillon en bronze de o^m,16 de diamètre.

145. — *Augustin Thierry*, médaillon en bronze de o^m,16
de diamètre.

146. — *Geoffroy Saint-Hilaire*, médaillon en bronze de
o^m,16 de diamètre.

147. — *L'abbé de Lammenais*, médaillon en bronze de o^m,16
de diamètre.

148. — *La Liberté*, statuette en bronze. — H. o^m,59.

Tableau

149. — SIGALON (Xavier). — *Portrait de M. Schœlcher
père*, peinture à l'huile, l'une des plus belles
œuvres du maitre. — H. de la toile 1^m,17 ; L.
o^m,95. Signe à gauche (X. Sigalon 1832).

M. Schœlcher est représenté de face assis dans
un fauteuil la main droite appuyée sur le bras
du fauteuil, la main gauche tenant ses lunettes
s'appuie sur la cuisse.

Objets divers

150. — COULON. — *Hébé*, groupe de marbre, mention du salon 1888. — H. o^m,oo. — Pièce originale.

151. — CARPEAUX. — *La Jeunesse*, buste en terre cuite. Offert à M. Schœlcher par l'auteur. — H. o^m,o.

152. — LASSAUX (P.). — *John Brown relevant un esclave*, groupe en terre cuite. — H. o^m,41.

153. — *Buste de jeune femme*, terre cuite, époque révolutionnaire. — Auteur anonyme.

154. — VITAL DUBRAY. — *Buste de femme*, en terre cuite. — H. o^m,22.

155. — *Bossuet*, statuette en pied, biscuit de Sèvres. — H. o^m,48.

156. — *Figaro*, statuette en biscuit de Sèvres (bras droit réparé. — H. o^m,28.

157. — *Frédéric le Grand, roi de Prusse*, statuette équestre en biscuit de Sèvres (raccommodage). — H. o^m,35.

158. — *La Victoire*, statuette en biscuit de Sèvres. — H. o^m,25.

159. — *Encrier de faïence* avec ornements symbolisant les trois périodes révolutionnaires 1789-1848-1870.

160. — Deux groupes *Chanteurs* de Lucca della Robia, faïence polychrome 1^m × o^m,65.

161. — Cadre faïence représentant un *Chien*, en pseudo mosaïque avec encadrement ornementé de torsade. — o^m,80 × o^m,80.

162. — Bas-relief en bois sculpté : *glorification de la République française*.

163. — *Deux vases*, faïence japonaise (moderne), ornementés de dessins d'une grande délicatesse. — H. o^m,30.

Meubles

164. — *Table* sur pieds en colonnes avec ornements de
bronze.

165. — *Corps de bibliothèque*, en acajou, avec baguettes en
cuivre. Dimensions : L. 2^m,45 ; H. 2^m,0.

166. — *Corps de bibliothèque*, palissandre massif, avec
marquetterie et incrustations d'écaille. Dimensions : L, 2^m,45 ; H. 2^m,0.

167. — Sous ce numéro, il sera vendu différents objets
non catalogués.

TOURS

IMPRIMERIE DESLIS FRÈRES

6, RUE GAMBETTA, 6